ESTE LIBRO PERTENECE A:

Página Para Probar Los Colores

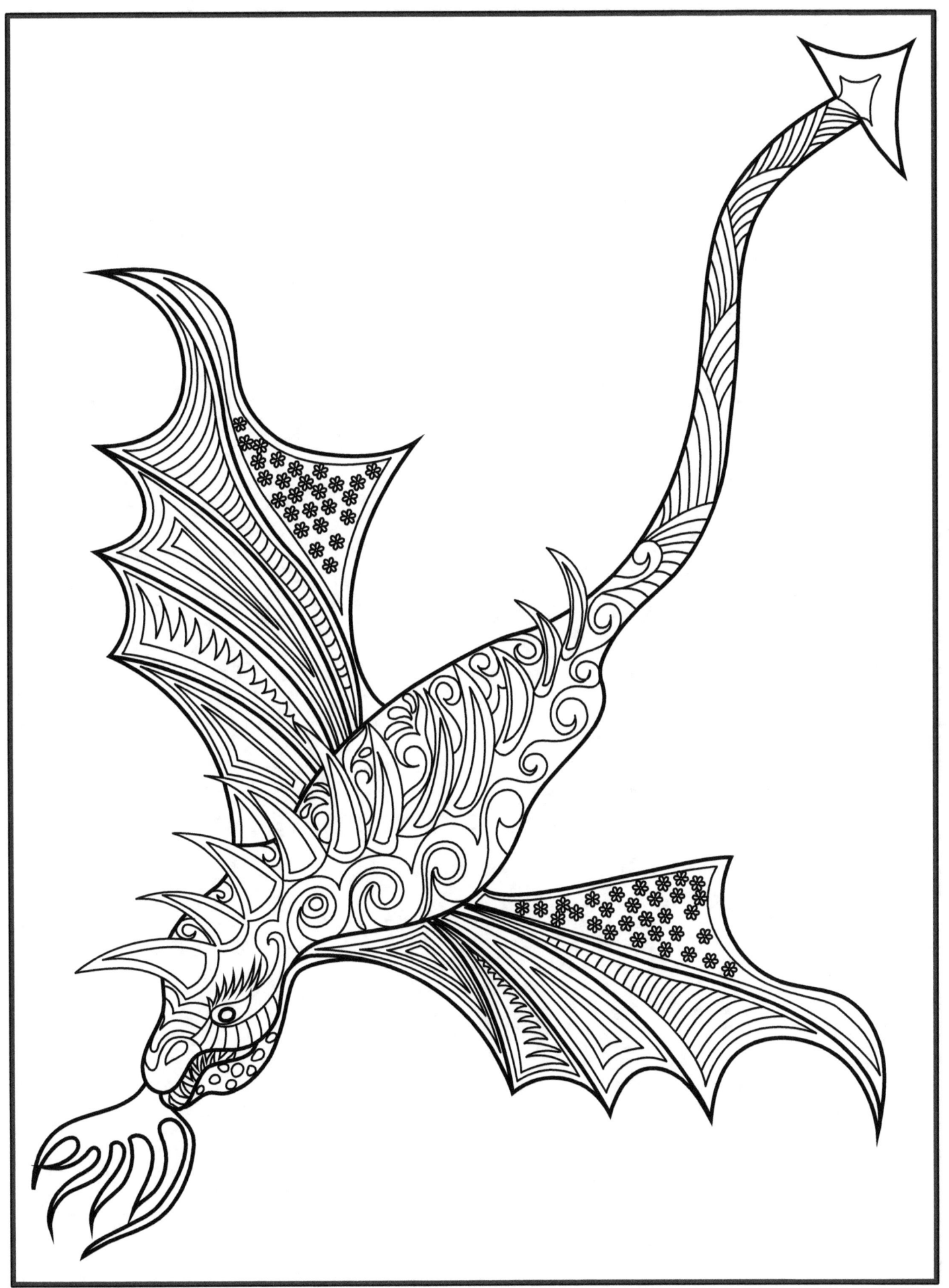

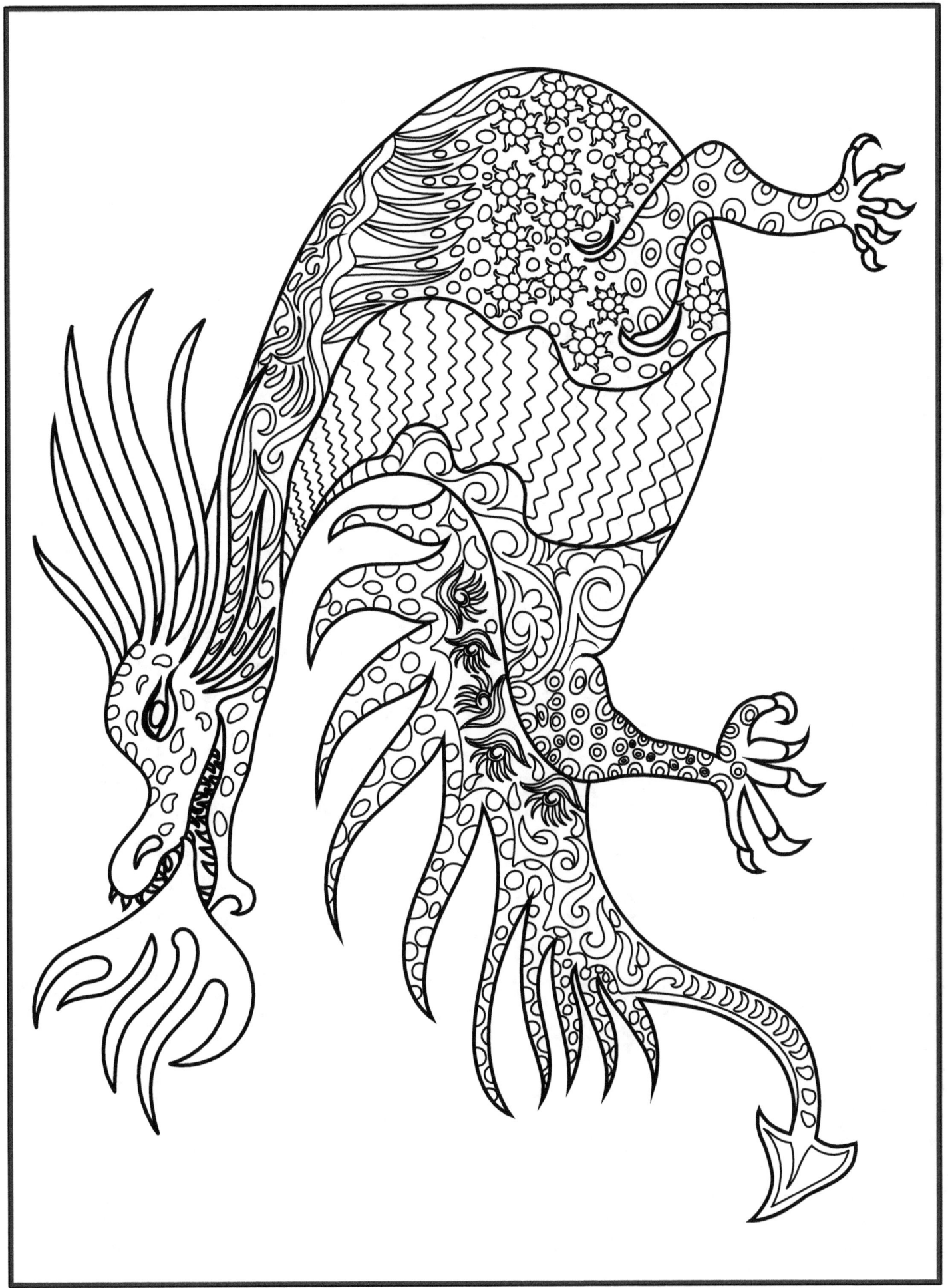

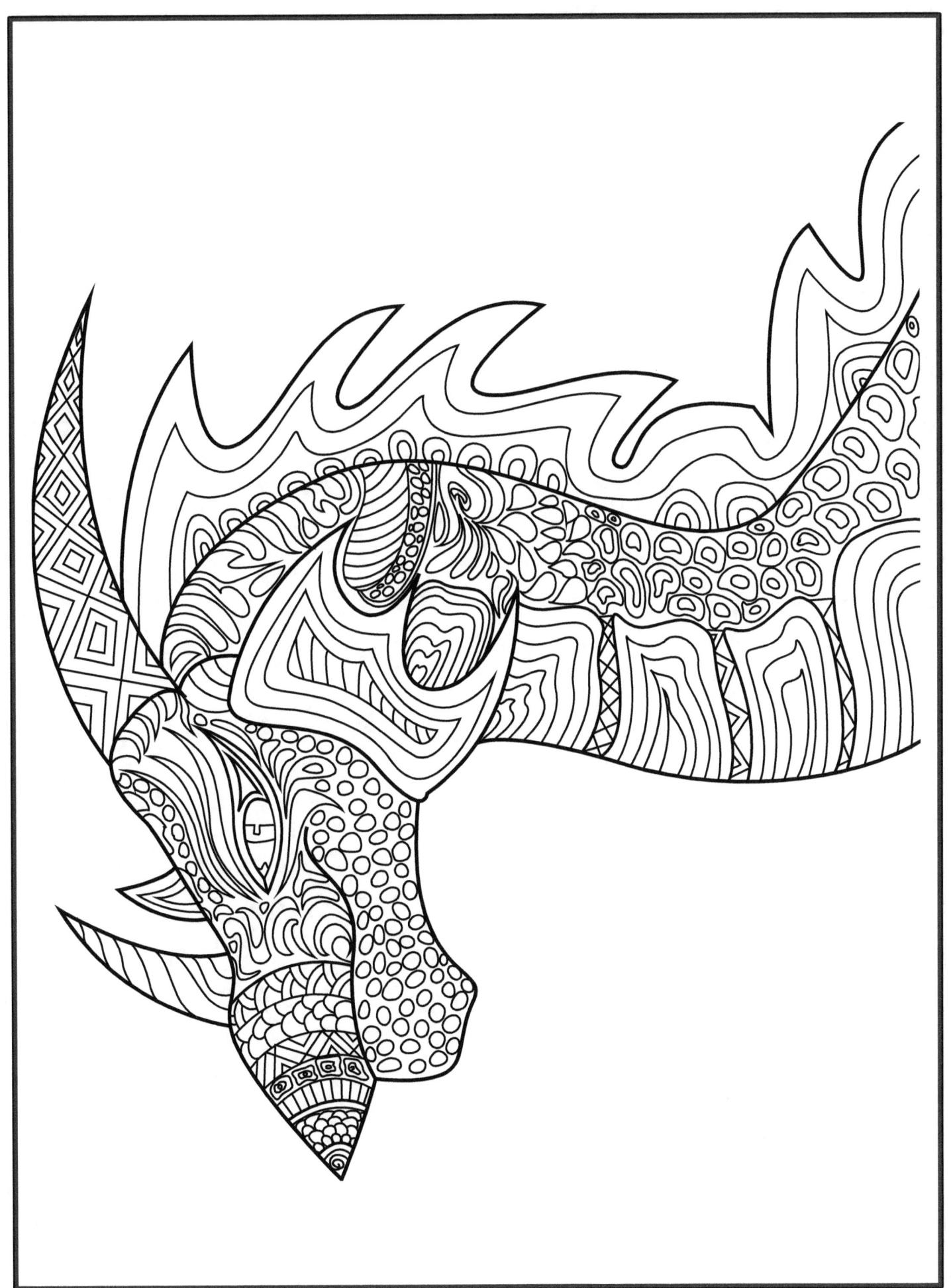

Gracias por elegir este libro.

Espero que haya disfrutado completando las páginas de este libro tanto como yo he disfrutado creándolo.

Sus comentarios son muy importantes para mí.

Si ha encontrado algún problema con su libro, como errores de impresión, encuadernación defectuosa, sangrado del papel o cualquier otro problema, no dude en ponerse en contacto conmigo en:

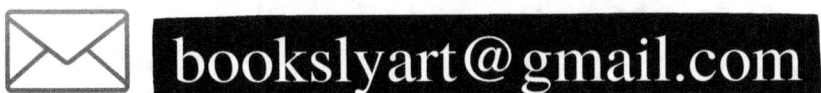

Esperamos, más que nada, que hayan disfrutado de este libro.

Si lo hicieron, por favor tomen en consideración dejar una reseña o evaluación en la página web.
Le tomaría solamente unos minutos y se lo agradeceríamos mucho.
Las reseñas son algo brillante para las pequeñas empresas como nosotros - es la mejor manera de compartir con otros clientes potenciales su opinión sobre el libro. Le animamos a que no dude en añadir fotos del interior y de la cubierta de este libro en su reseña.

¡Muchas gracias de nuevo por elegir este libro!

www.ingramcontent.com/pod-product-compliance
Lightning Source LLC
LaVergne TN
LVHW060211080526
838202LV00052B/4251